U0021936

瀕危動物

騷夏

目次

輯一　新娘─────────────

掀開無照駕駛的身體，掀開一顆真心

楊佳嫻

《瀕危動物》上一版於二〇〇九年面世，包含情慾大膽寫作（不單單在女／同志範疇）、家庭深邃探索（以女／同志立場），所涉事與象、感覺和思辨，都是從生活之流濃縮提取，日常，又異樣。那時候的台灣，致力於出版女同志文學的集合出版社早已存在多時，同志諮詢熱線撰寫的《出櫃停看聽：同志子女必讀寶典》已出版兩年，邱妙津、陳雪、張亦絢、張娟芬也早已受文壇承認、獲讀者熱愛——但是，在現代詩裡，仍然稀見。騷夏詩作開風氣之先、之強，可見一斑。

　　關於愛人之手怎樣在黏稠壁上作畫、超速照相罰單竟然是唯一合照、開孔的地方都很害怕與思念，早就成為女同志社群文學金句大典中鑲鑽的幾頁。十餘年後，《瀕危動物》加上近作「一刻詩」輯六首詩，改頭換面，與讀者重新見面，或者，和更多年輕的讀者，初次相晤。此時此刻，跨國同婚在台灣剛剛成真（中國伴侶除外），《同志詩選》也已

成冊（即使該書未能有效突出重要台灣創作者的位置）。以昔年作品映照近作，騷夏詩裡的氣息似乎從突刺轉向沉緩，這與年歲歷程有關，也與心境有關，不變的則是那股探索女女洞穴結繩文明的執著。

首先要問：為什麼要把家庭題材和女女情欲寫在同一本書裡？

同性戀由於不具直接生產後代的可能，在「繼往開來」的「神聖」任務上容易遭受攻擊，也最難如願；而過去在污名境況中，無論法律承認與否，組成一個可「面世」的家庭也備受阻撓。《孽子》從同性戀者被逐出家門開始，《逆女》最大的情意結即來自逃家與成家，中山可穗《愛之國》描繪異性戀法西斯地，能生育的親密關係才被國家承認，看似幻想其實早就發生。

再者，雜糅陽剛氣質的女同志可能被視為「假男人」，致使自詡為「真男人」者想教訓／導她們。

實際上，正是因為其跨越界線、曖昧游移的性別表現，質疑社會型錄男女二分（異性戀家庭的預設）的簡陋，是女人（當然），又以溢出女人來證成女人（那重瓣宇宙宛如電影），乃至〈作者論〉裡所說「你為我張腿／你將我產出」，性愛裡我們是彼此的母親。

全書第一首詩〈據實以報〉裡就說了，「不斷有年紀尚小的父親／犯了一個翹小指頭的錯誤／招惹來其他父親／爭先恐後要為他擺渡／如何讓不馴的女兒脫胎換骨／團圓飯的時間總是十分冗長」，女兒「不馴」之處尚未清晰（稍後掀開），而「父親」永遠不是孤立運作，他（們）參照著結構中其他位置相似的人彼此模仿、支援。

第二首詩〈時間之父〉則端出《瀕危動物》重要象徵，「那條有魔術的白色大布要不要再拿出來遮一下？」白布哪裡來的？遮女兒的不馴處就好像

　　　　　　　　　　　　瀕危動物

女兒即是家庭的私處？但女兒仍然許不馴的願：「可否讓我也正大光明的掀開一位和我同國的新娘？」和我同國，哪一國呢？

　　這條白色大布，於第一則〈掀開〉裡也現身了，「親愛的父親　我把你掀開／多數的時候　你像是一個羞澀的新娘」。「掀開」，揭起頭紗、直面世界，故以新娘為喻，且不限性別，他她它牠鈍被蓋起來，因為自發或他者的力量而突然現身。這首詩敘述了「掀開」讓動物可以呼吸、逃離死亡命運的故事，聯繫到父親與他的父親（掀開看見死體），以及父親擔憂女兒（掀開棉被確認女兒未被動物的死亡擊倒），「掀開」，也是解放，是死，也是生。

　　女兒同樣掀開了〈舊島電話〉中由小島至大島、從少女變成新娘的母親，並且探問，沒有成為新娘或母親的女人們，會變成孤鬼嗎？「親愛的麻麻　我極有可能變成被海鯨吞下之人／如果我就是

那種野靈魂／如果我勇敢的切開了鯨魚之腹　讓自己回來／親愛的麻麻　那妳敢不敢幫濕冷腥臭的我開門」，驅逐於家的、異性戀律法之外的野靈魂，以其禁止被現身、無法被歸位而宛如白布掩蓋，如果母親願意開門，也等於願意掀開蓋在女兒身上的白布。

　　家庭之後，第二則〈掀開〉再度提醒讀者注意那條白色大布，「掀開其實沒那麼難／我活生生瞪著那些圍在我身邊的人」，白布下的「我」是「活生生的」，可不是什麼遙遠的標本哪。於是，女兒決定先下手為強，「人人都給我噓聲　說這破壞遊戲規則／沒有自己掀開自己的新娘」，「新娘」為什麼需要等人決定呢，世界應該看到我！「我要以真面目示人　我不再是誰的新娘／或許　我們可以一起／一起掀開什麼　什麼　什麼」。

　　力作〈瀕危動物〉，詩名與騷夏散文集《上不

了的諾亞方舟》共通，世界末日時因為不能歸入公母、無法生育後代，上不了方舟，才是真正瀕危啊。這巨大的組詩可能說是女兒的掀開史。第八則掀開一點，「今天我使勁扭曲身體／今天可能以一個球的形狀出現嗎？／今天可能是紅橙黃綠／今天可以是性別的模糊　像一張濕透的紙」，誰說身體的一切只能遵循既有規範呢？紙張濕透了，可以黏貼泡開揉塑。〈瀕危動物〉第二十則掀開更多：

> 親愛的，沒有什麼好說的，如果我那麼討厭妳
> 那我就不會煩惱給妳一個外國名
> 妳很愛嗎？其實妳很愛對不對？
> 妳也可以給我一個男生的名字，掩人耳目
> 但這樣事情會變得更複雜了一點
> 反正我們真正的國家也不是我們誕生的現在
> 我們皆從異國而來，異曲同工、異途同歸，
> 隱名埋性，公平交易

花名、代號，一個便利於隔開苦澀現實的稱呼，目的是為了不被掀開。異性戀社會對於同志來說，無異於異國，然而，為了戀愛不被打擾（事實上也只是延後而已），仍需假裝成異國人。什麼時候我們才能誕生在那個無分同異、真正的愛之國呢？「隱」名「埋」性，巨大的污名網取消我們的存在，白布無所不在。因為懼怕粗暴的掀開，甚至把白布拉嚴。

但是，我們仍要記得〈瀕危動物〉裡同時存在的樂觀，第四十七則說，「我們無照駕駛的身體／有一種莽撞的快樂」，無照怎麼駕駛身體？駕照由誰來發？我不擁有那一國的駕照卻照樣駕駛，真莽撞啊，可是那裡頭噴射出最屬於我的快樂。掀開，掀開，不只掀開這無法輕易歸類、長時間沒有駕照可考的身體，也是掀開那些圍觀者罩在自己眼睛上的手。

輯

一

新

娘

據實以報

像是一塊白色大布兜頭蓋下
掀開以後就異想回到一九五三
親愛的爸爸，讓我把你掀開
讓我把你像新娘一樣掀開

降落的地方：
獅甲或稱新川或稱新甲的大水圳旁
你自己也說不清楚
套用你最愛的望文生義
此地或許真有萬獸之王的隱喻

你來自難民印象的乾瘦身體搭配皮球肚
住在日本時代起建的台鋁宿舍
你和兄弟姐妹反覆練習那個音：a-lu-mi
像熟悉一種新的食物
認定自己是領先進化的工業革命家庭
三七五減租公地放領耕者有其田
都與你無關

不似皇民末代的兄姐們
你的喚名已無日月山川田
你是標記行憲時代美好意外的么子
父親口中橫植的日本語

　　　　　　　　　　　　瀕危動物

大哥一如食拉麵般流利
政局舌頭演義
你則穿上新式注音符號
自然淘汰五十音

你腳步尚輕　踏著空心的榻榻米
耳朵覆在 a-lu-mi 宿舍的牆壁
仍有屍骨未寒的東洋曲
聽緩慢苦情的歌你捺不住性
你比較幻想飛簷走壁
恰巧的是
某事件殘存的當事人都是你的鄰居
罹難者都是你遠親
他們豐富你復仇童話的版本
讓你的忍者造型本土有力

那時，你還沒有成為父親

讓我再降落某不知名的黃昏
某今日已失蹤玩伴的通報
或是在門內豎起耳朵成小白兔狀
腳步聲和鑰匙聲同時發生
來不及收拾的玩具譬如耳熟能詳的大撤退
大富翁妻離子散 塑膠兵團潰不成軍

大門被打開 或是正在被打開
大門就要被打開 或是已經打開
時間交棒甚至漂洋過海都可成立的恐懼
你的父親回來了

父親回來了 紅磚屋厝長著綠毛苔癬
他們要回來了 像是老頭子抓著時髦的髮型
餐桌上 現正呈現一種誇張的數代同堂
父親棺材般的臉龐在餐桌上巡弋
所有的父親
父親與父親、父親與父親與他的父親

他們的靈魂重疊在一個身體
他們互相糾正吃相
父親與父親精益求精

不斷有年紀尚小的父親
犯了一個翹小指頭的失誤
招惹來其他父親
爭先恐後要為他擺渡
如何讓不馴的女兒脫胎換骨？
團圓飯的時間總是十分冗長

父親們繼續巡弋
所有的孩子都想迴避
然而關於父親的故事卻都想聽
所以我再度凝視：

那也是你：在不合宜的身體裡虛報年齡
像遮蓋正確數字的骰子

你矇騙進入阿爸上班的工作的軋鋁廠工作
你像是尚未普及的易開鋁罐
在最短的時間被最短的拇指輕易一勾
摻著謊言液狀的內容物 一滴也把守不住
它們優雅的修飾 噴濺你的臉以及衣服
新領班標準國語朗誦式的發音
你聽起來就是想砸他蓮霧

你挺著少年身體（你已消去皮球肚）
你暴力連結的一種情結（憤怒不放過任何順路）
你曾挑釁拜訪的君毅里、忠勇社區（不客氣就拿刀會晤）
你想吐一沫有泡泡的痰（給粗魯還以粗魯）
你自知理虧出此下策（羞愧委屈絞肉模糊）

這些都來自於你家族的病：
讓我再度降落某不知名的黃昏
某昨日已歸隊玩伴再次通報你

　　　　　　　　　　　瀕危動物

你快去扛你阿爸你快去
你第一次擁抱他的重量
他的重、他的輕
他身體發出的嗡嗡作響機械聲音

你忽然變成一泓強壓抽取上來的地下水
馬達抽取你的青春水層
緊急支援家計的渴
你自己也渴　但是你掬著水不敢喝
你無人可問的討厭小問題
會不會終其一生都有數顆不知名的小石子
在你們各截的身體裡
阻礙著你們忘情的輸精

這些都來自於你家族的病：
除了喝水　還有　遺傳的私密
血球和結石像是過節吃的紅白小湯圓
在你們看不見的命運圓盤滾來滾去

並不好笑的遊戲

你看見他穿戴整齊端坐起
你病昏頭的父親
像是一個饑餓的哨兵
他跑去驚嚇一隻在土坡曬太陽的穿山甲
那隻動物蜷成一顆刺刺球滾了下來
滾阿滾阿滾到你的腳邊
你伸出前爪與後爪 你要抓牠嗎？

抓那隻在病榻前 父親向你陳述的小獸
夢寐以求的野味

你要去抓牠只是為了解饞？
還是整個時代巨大的餓？
他的臉色像是屋外失溫的黃昏 逐漸變紫轉黑

終於你不再怕父親回來
一個背轉身 已在清明時分
下一顆水煮蛋 依習俗把蛋殼鋪在墳上
你邊剝蛋殼邊為我講解：
胚胎發育的初期
所有脊椎動物都長得差不多
一節一節的脊骨
你畫給我看 兩個口中間一橫
像是一節一節火車廂的卡鎖
這是我們名字的第一個字
有誰還幫我和你記著？
在平交道前等待的一對父子
指認出那班從港口開來的時間火車
載來他們熟悉的煉鋁原料
他們傳遞脊骨作為發誓
相信這是一個好姓氏

時間之父

讓我們回答：我們要什麼？

我們要英雄傳奇？ 我們習慣傳奇的父親？

如果，歷史沒有對他正面全裸

只是旁敲側擊

如果，就只是這樣東敲西敲

最多敲破一隻快孵化的鳥

血水噴濺出來 染成一張籤語

如果，父親的年少故事就是不夠煽情

聽說他的年代 人人也愛算命

算命最愛問遷移 和牛仔褲一樣流行

綠卡愛情生無悔、PR 婚姻死無懼

走不了的就乖乖閉嘴自強莊敬

這些都是聽說的，也不是聽他說，他並沒有這樣說

當時他莫名其妙也趕上流行

只是沒有搭上往美國的移民機

他搭上開往二膽島的慢船

大便手大頭兵

他的命宮竟然也走遷移運 兩年為期

親愛的霸霸，你還在生氣嗎？

你的生氣讓我好尷尬，我只好抱著空心的歷史發呆

空心的父系歷史，空心的母系歷史

無法感受它們兩者匯進我的時間，但是我一路撿拾

它們對我的影響

例如我親愛的霸霸他一直的生氣

親愛的霸霸，為了研磨你的生平，我的近視加深了

我看到的世界像是不夠亮的白日光燈

是不是事情可以更簡單，例如你三更半夜撥給我的

電話

就像你說的：隨便聊聊嘛，

那麼我親愛的霸霸，那可以聊女人嗎？

讓我們回到父親的傳奇：

這些都是聽說的，也不是聽他說，他並沒有這樣說

聽說他又來到年少時他挑釁的眷村
這次他著茶色的西裝，胸前戴花
昨天，他還向村內的老總統廟前面的石獅子
齜牙咧嘴、拳頭握緊
今天，他平和迎娶他的外省妻

　　親愛的霸霸，其實沒有這麼深惡痛絕對不對？
　　如果真的那麼深惡痛絕，那你有沒有作賊心虛？
　　那條有魔術的白色大布要不要再拿出來兜頭遮一下？
　　我也要學你敢恨敢愛像個男人做自己
　　所以親愛的霸霸，這次請你不要再跑來冒充
　　可否讓我也正大光明的掀開一位和我同國的新娘？

　　親愛的霸霸，其實沒有這麼深惡痛絕對不對？
　　如果真的那麼深惡痛絕，我正期待你揮給我大逆不道
　　的一拳
　　其實我們都很像對不？譬如欠揍、譬如愛拿放大鏡
　　讓突兀激凸，以便讓人記認，順路也好解釋命運

　　　　　　　　　　　　　　　瀕危動物

親愛的霸霸，所以我不敢質疑你了，質疑你就是質疑
我自己
歷史在你我之間牽了一條線，希望我們都沒有受難者
的樣子

再讓我們回到父親的傳奇：
這些都是聽說的，也不是聽他說，他並沒有這樣說
職業怎麼像是相傳的嗜好？
不似昨天的骰子戲　他搖身已是軋鋁場的技術師
藍圖是一隻剔乾淨肉的化石恐龍
他的工作即是造骨

他的脊椎骨姓氏　他的造骨職業
在他新的鐵鋼國中　十大建設正同時強壯的開工
他被需要、他忽然覺得他非常被需要
從晴日雲的鷹架、到遮雨傘的骨架
包括控制每日皇室成員進出的鐵捲門、
王子公主嚼的口香糖包裝背後的錫箔紙、

任何兒子都會熱愛的超能力建築、陸海空交通工具、
女兒與一隻新怪獸愛情的電影 他均有參與
和所有國王故事同出一轍 他也會打造一根金屬魚刺
讓忤逆者的喉嚨即刻中劍 無話可說

親愛的霸霸，我無話可說，那你也可以暫時停一下嗎？
穿越你高高舉起的年輕故事，為何令人舉步維艱
讓某不明的黃昏降臨我們
你成為父親之後 我們複習父親進門的恐懼
你把事實放口袋用禮物的方式宅配給你的後代
事實是兩顆石頭：
你可以為小孩敲出逗笑的單音、
也可以任意的朝他們丟擲，讓他們感受你的力量
以及你神祕的身體：你可能帶來的堅硬、
你可以帶來的柔軟

你展開雙手，讓學步的稚子一步一步朝他前進

　　　　　　　　　　　　　　瀕危動物

你一步一步退後

領出國王背後的整個世界

如果這個國王也熱愛說故事？

那國王說的故事就是本國的歷史嗎？

親愛的霸霸，請不要質疑敘述，因為我在敘述

讓我們再檢驗一遍父親的傳奇

讓我們揉揉眼睛把他看清楚：

沒有誰遺傳到棺材樣的方臉

原來體內的脊骨的隱喻

也早在日據時代已經不見

在某驗明正身的抗日游擊戰中

脊骨帶上草頭漆上土色 面目全非

至今只剩下墓碑上面虛有其表的刻字

親愛的霸霸，這是真的嗎？我們丟掉了姓氏

我們是丟掉姓氏的無脊椎動物

親愛的霸霸，不介意的話，我聯想到

一種台灣名產東港海鮮日本命名：櫻花蝦
親愛的霸霸，怎麼這個你就不生氣還吃下去

仇恨一定是會有的，親愛的霸霸
雖然你有些特別愛灑鹽、有些特別不愛說
有些口齒留香、有些嫁娶聯姻
時間原本就是不公平的秤錘
秤錘的桿反過來拿 還可以打人罷？
我說的對不對，親愛的國王？

仇恨一定是會有的，親愛的霸霸
仇恨是可以代替脊骨代代相傳的
你一定聽說過一個十六歲的孩子，背著炸彈走過邊界
的新聞
聽說他也是像這樣聽完他父親的故事

仇恨一定是會有的，親愛的霸霸，所以敘述請使用小心
我寧可你的傳奇一直到老都不要煽情

回到最初的提問：讓我們回答，我們要什麼？
我們是眼神空洞的全知者
我們無法據實以報的繫年
當歷史像是一支勝利遊行的隊伍
頑皮的父親一直在跑
我們沒有辦法把他放在一個正確的位置
或時間的屍體堆疊著 變成他的脂肪

不過他還是我親愛的霸霸
在這些日子他的成就計有：

（23 歲結婚、開了 28 天的計程車、和開糕餅店的堂
哥租一年的房間
考進少年無緣的軋鋁廠、兩年內貸款買到了國宅、
十年後國營的鋼鐵公司把軋鋁廠併吞，他變成公務
員
有妻有兒有女，每天在上午和下午各打一通電話回
家問家人在幹什麼。）

掀開

親愛的父親 不知道是第幾次了

我把你掀開 窺看你的祕密

掀開 掀開 像是在確認什麼

就這樣重覆 重覆掀開的動作

道具就是那塊兜頭蓋下的白色大布

掀開 然後盯著你的臉 在離你頗近的距離

我們父女倆合演跨時空的魔術劇

我把你掀開

就異想回到時間過去的場景

親愛的父親 我把你掀開

多數的時候 你像是一個羞澀的新娘

那時你還沒有成為父親 但是我看得到你

那天我看到你、你看著你睡著的父親

我看著你也試圖做著掀開的動作

掀開、掀開、像是在確認什麼

關於掀開，並不很久以前我記得：小襁褓第三天到

我們家的晚上，那天我寫完功課已經三更半夜了，想不到真的幸好我有去看牠。為了禦寒，牠的狗籠用布悶著、還烤著電燈泡，我一個人走到陽台，我就是想看牠，就是想把蓋住的布掀開，我動作發出的聲音吵醒了你，然後那隻狗被我們發現的時候，已經被悶到腳軟了，再晚一點，可能就要休克了，其實牠一直都有斷斷續續嗯嗯的呼救，和喘氣聲，只是大家都以為牠是慣性的吵鬧，小襁褓連喝水也沒辦法喝，長長的舌頭掛在嘴邊，像是一條和牠無關的爛肉，我們只好用手指投沾水給牠喝，弄了很久才把牠救起來。

關於掀開，再更小一點我記得：我養的兔子，你還記得我幼稚園時養的小灰兔嗎？牠就是在一夜突然死去，兔子籠子也是被塑膠袋悶住，我不知道牠是悶死還是冷死的，我不知道，我只知道我很難過，前一夜都還是活蹦亂跳的，隔天早上我醒來牠就死了，如果，中夜我有爬起來看牠，事情恐怕就不會

這樣了，我在想我一定是在那時候養成了檢查比我小的（小動物或人）有沒有呼吸的習慣，那是我最早的印象了。

　　親愛的父親 掀開以後

　　很抱歉再讓你回到最不想去的場景

　　那個漸漸失溫的日落黃昏

　　白色大布兜頭蓋下的你父親黑夜般的臉色

　　陌生或是不陌生的大手把你架開

　　認識或不認識你的親戚叱喝責你離開

　　你掙扎的還要做出掀開他的動作

　　你想要把你父親掀開 希望一切都來得及

你想要把你父親掀開，希望一切都來得及，親愛的父親，檢視了你後我發現，原來我也會有這樣的掀開焦慮，我會焦慮睡著的寵物、睡著的小孩、睡著的老人、會焦慮暫時靠在身邊睡著的朋友，會焦慮他們會突然沒有呼吸，就在長長的熟睡中沒

　　　　　　　　　　　　　　　瀕危動物

有了呼吸，我知道我會有去查看他們的動作習慣，檢查他們有沒有呼吸，但是我不知道，原來這就是害怕死亡。

你想要把你父親掀開，希望一切都來得及，那天你也把我掀開，那天你不是霸氣十足的爸，兔子死掉的那一天晚上，你掀開我的被單，問我睡了嗎，你說了一個掀開父親的故事，你說你也曾這樣掀開你的父親，那天你不是霸氣十足的爸，你說你看到你父親沒有呼吸的樣子，你把他掀開，你一直盯著他看，一直盯著他看很久，看到連作夢都會看到同樣的畫面，後來你發現，在你的夢裡的父親，他漸漸的，會呼吸起來了，你說服我儘快入睡，雖然你無法保證當晚就可以立刻夢到復活的兔子，但是你保證，能睡著就是有機會。

我睡著了，你還是不放心，你也是不放心，此後，我只好把你掀開我的動作試著去理解成你對我的

關注，你希望我也能這樣關注你嗎？我睡著了，我
沒有夢到死去的寵物，我一直有感覺你把我掀開、
掀開。

舊島電話

媽媽睡著了。

眠神把很多戶人家的媽媽都拐走了，聽起來像是個老鼠會。

媽媽被帶到那裡去了呢？媽媽的胸線起伏了一下，她乾咳了兩聲。

媽媽知道我現在正在觀察她嗎？

眠神讓媽媽飛起來了。

媽媽哼哈的歌詞裡有海鷗飛處彩雲飛，她來到一座島的正上空——

來自舊島的電話鈴聲總是恰巧又不巧的在這個時候響起

有一通聲稱要找我母親的電話 說是過去的她

我握著話筒，耳朵裡颳起一陣秋初海邊的風

她是誰？她說她的軀體還陷在堆沙的遊戲裡

孩提時代長時間的沙灘活動讓她的膚皮乃至瞳孔均呈現鼠灰色

　　　　　　　　瀕危動物

她是一身由高屏溪水沖刷泥沙狹長淤積的外島
避颱的漁民先來 接著湄洲的海流分香來了媽祖
昔日的她和今日的她依舊如旗桿般消瘦 凝視往來
津渡

來自舊島的電話鈴聲總是恰巧又不巧的響起
她又自報身家 聲稱找我母親的電話是過去的她
原來，島的舊事早在光緒年代即有電報線收放
姿勢早熟的洋行和通商埠卻也最早棄考歷史
通往燈塔的螺旋山路 徒留時事的隧道與熄燈的軍機
至今還可以選擇徒步向老炮台懷情
只有匍匐沙礫上的原生植物在一百年前後並無兩樣
話筒裡的她繼續說話：
摘拔馬鞍藤蝴蝶型的葉瓣是她每日既有的行程
她是過早盡責的兔媽媽 摘好了就速速回家
她育有兔子數隻養在雞的籠子和狗一樣大

她沙質的身體總在劇烈氣象過後被重新捏塑

坦蕩無聊的岸線也會有懸崖峭壁的心計
只是不消十餘日 又會柔腸寸斷恢復平地
從防風林到碎浪線有多少腳印 其實一直在變
她都默記在心

潮汐是島的經期
配合簡單的自然現象 她同時開演成長少女的啞劇
在她腳邊勤快橫走的螃蟹群像是蟻
她已懂得修飾的舉手投足 不會再有頑皮的大動作讓
它們一哄散去
而若是真的恰巧 與搖著招潮大螯英挺路過的白領海
軍迎面相遇
嫣紅的黃昏海色也會與她知心

我握著話筒的手心泌汗持續，海味黏膩
持續發散在我的耳道裡
還有愈來愈濃的輪機味攪和重油的聲音：
吭 吭吭吭吭 引擎震動船身震動了她 她漸漸啟動了

聽行船人的純情曲 看樣子她將要離去
妳要去哪裡 妳要去哪裡
不似孤女的願望 她可不是要到繁華的台北去
妳要去哪裡 妳要去哪裡 她懶懶地爬起身子盥洗
她極簡的出海 像是平劇行船抽象的身段
她和她和她們都要到防波堤的對岸去
她和她和她們也許還有更多人
妳要去哪裡妳要去哪裡 妳要去的那裡大家都要去
她們掐捏時間同擠一艘船 趕赴加工出口區的打卡機

似乎也來不及思考為什麼
內港像是一個大腳盆 像是只有與肩同寬的距離
只是跨過去 跨過去

總是在行船中打盹的她
飛翔的海鳥有烏鴉的毛色在今日夢境
預感的雲漆上紫紅色的長指甲 一如昨天的黃昏
團團血紅的海 翻出幾張浮油扭曲的表情

天色依舊用海來照鏡 她也俯下身親近

海像是被毆打過一樣 處處呈現瘀青

鏡面之下 海水代替了她的空氣

她看見了一座顛倒的城鎮

還有混淆流通的神鬼錢幣

她說她要回去 到底是誰是撐脹翻覆的船身 誰是鹹漬

的魂靈

她說她要回去 一隻隻被捕抓上岸的深海魚

眼珠因失壓而爆出

她正和牠交換夢境

熟睡的人

像是深深的下錨，深深的，深到不能再深了

就靜靜的躺下，平躺在沙底

她繼續為我唸的一段新聞剪報：

　　　民國五十五年，政府成立前鎮出口區，吸引許多附近

當地人口前往就業。民國六二年當年九月三日清晨，中洲、前鎮間的渡輪「高中六號」於航行途中傾覆，罹難者廿五人多為加工區女工，尚未出嫁。市府數度邀集地方人士商討善後事宜，並與罹難者家屬協議，將廿五人合葬，稱廿五淑女墓。

我握著話筒，耳朵裡那扇失事的渦輪仍然繼續攪動

那艘青春的船 從她的嘴裡出航
有些人慘遭滅頂
有些人飄然下船
她下了船，她跨過去
從少女的島到母親的岸
她變成一個新娘

新娘

親愛的母親，讓我把你掀開
掀起妳的蓋頭、掀開妳的頭紗，妳是無庸置疑的
新娘

當妳由島跨越上岸

妳變成了珍貴的新娘

珍貴的新娘 讓我把你掀開

掀開妳像是一個解謎的過程

隱喻妳的島

妳大難不死的船難故事

若無掀開妳浮標在時間裡的身世

我無從得知妳的珍貴

因為我認識你的時候 你就已是母親

掀開妳 在掀開的過程 我才有所了解

妳如果不是母親 妳會是什麼樣子呢

妳除了會羨慕一身白襯衫的人 如果妳還有尚且年幼
的小孩

妳應該也會羨慕我手上把玩和收藏的所有精緻易碎
品吧？

曾有一度 我認為母親是天生的理所當然

就像肉眼無法看出鯨魚理所當然退化的下肢骨骼

忽略牠身為哺乳類曾經演化的證據
除非使用解剖術
切開了鯨魚之腹 一切就真相大白了嗎？
出入鯨魚之腹 世界共同的子宮 即有重生
如果我母親口中的少女船難故事 如果就像外來神話
所說
如果真有一隻鯨魚 就這樣讓她們來去走一回
她們若真能回來 回到本地
她們真會得到英雄式的歡迎？

親愛的麻麻 妳可有想像過一種可能 如果妳也有個
女兒
她就像那些船難故事裡沒有變成母親的角色 也沒有跨
過那個岸靠岸
沒有成為新娘、母親的她們
是不是變成一種難以在神位歸類、難以親近處理的
孤鬼？

親愛的麻麻 我極有可能變成被海鯨吞下之人
如果我就是那種野靈魂
如果我勇敢的切開了鯨魚之腹 讓自己回來
親愛的麻麻 那妳敢不敢幫濕冷腥臭的我開門

瀕危動物

答案

開課班別：人文社會學院 女性主義通識課程

考試時間：九十分鐘

※ 注意：不必抄題，作答時請將試題題號及答案依照順序寫在答案卷上。

（於本試題紙上作答者，不予計分）

<u>□何以法西斯主義和共產主義都趨向於以「母親」與「工人」作為塑造女性形象的代表，試申論之</u>

某人還是很好奇我一天都在做什麼，在他看來一天都在家呀，我和某人結婚快三十年了，我早上五點半起床，習慣先喝一杯燕麥片，然後梳洗出門，這時候我家的小襪褲通常眼角會微微開一個縫，牠會縮一下耳朵，頂多尾巴豎起來向你致意的搖兩三下，然後繼續睡，都說要養成運動的習慣會比較好，所以我每天固定在附近的高中跑操場兩圈，之後開始和大家跳土風舞，假日的時候，某人就會和我一起去爬西子灣的柴山，我從山下走到少女峰的廣播站大概四十分鐘，我的小孩偶爾也會跟我去，他們年輕力壯可是腳程都輸我，山上有很多猴群，山友和沿途的告示都會一直提醒：不能直視猴子的眼睛，他們像是小流氓一樣，最好也不要發出塑膠袋的聲音，他們會以為那是食物，會過來搶，一群打妳一個，很危險，所以我手裡，還會拿著彈弓。

我的小孩沒有上班上學的時候通常會睡得很晚，大約十點的時候，我會開始打果汁或吸地板，機器的聲音會把他們全部吵起來，或許我真的太寵他們了，在這之前我做過的家事有：收聽廣播的飲食養生節目、分類衣服、洗衣服、清鳥籠、修剪花、幫狗梳毛，某人說我們家頂多二十坪，有什麼事好做的，但是二十坪三個房間住著五個人一條狗，還有一隻從八二三砲戰養到現在、會說「中華民國萬歲」和「三民主義統一中國」，並且會用腳（鳥爪）說再見，一隻從我娘家帶來的金剛鸚鵡（喚名：小波）。要保持乾淨整潔，要收納所有的東西，室內又要看起來寬廣，至少我一天都拖兩次地，某人你就比較屬害，你來做做看。

□不同派別的女性主義對教育有不同的看法，請以二種派別為例，說明其對教育的主張

我知道他們的皮夾子裡不會放我的照片，但我會夾

著他們的，我總是背對著他們說話，因為我在忙，我在切菜、煎魚、瀝油，我方型的工具有砧板、烤箱、微波爐、烘碗機，圓形的有：盤子、鍋子、大的小的電鍋炒鍋，很好，還有一台音質不賴的 JVC 加農砲手提音響，我覺得這東西放在廚房不為過，我也愛聽流行歌，王菲和鳳飛飛唱的都很好，他們會說學校發生的事，我在忙，我無暇看他們說話的表情，但是我手邊做的事是不用思考的，我的思緒是跟著他們追趕跑跳，我記得女兒有一次說到最後哭了，她說她以後再也不敢忘記帶東西去學校，就算忘了也不要我送過去了，因為他們班有同學就是叫奶奶幫他送習作過去，然後出了車禍。

我身後的學校故事，從小學到大學，講故事的人也越來越高，廚房很小，他們很有默契會輪流進來講，廚房偶爾會變成懺悔室、法院等等，他們都不在家吃飯的時候，小橷褓會進來，我們家養小橷褓十多年了，小橷褓不吃狗食都吃人吃的食物，牠是我的啞巴老么，牠會進來討進口的彩色甜椒吃，青椒牠

是不吃的。

<u>□請問您閱讀過英美女性主義文學批評中《閣樓中的瘋婦》</u> <u>*The Madwoman in the Attic* 相關的討論嗎？請發表</u> <u>您的理解。</u>

我每隔一段時間，都會去給人家做臉，我認為那是
對抗黑斑、暗沉的最不麻煩的方法，可以把大掃除
的工作完全交給美容師就好不失是一件快樂的事，
只是每次我在檯上舒服的躺著，耳朵總是會聽到一
些有的沒有的事，我總是閉著眼睛用聽的比較多，
做完臉張開眼睛，剛剛聽到的陌生人的家事，就像
是作了一場夢。

有一回聽鄰座的太太講她拖地的事，真的讓我印象
深刻，那個太太先在那邊數，她家一共有五層樓，
每一層有多少多少間廁所，有多少多少個陽台，她
說她每天一醒來就會想要用水去洗陽台，洗完陽台
就想洗廁所，洗完廁所留了一身汗又想洗澡，她說

她一天至少要洗六次澡，所以她的丈夫總是對她發脾氣，因為家裡的衛浴間每一間無時無刻地上都有濕濕的，美容師用開玩笑的口氣說：「哎呀，難怪你皮膚會那麼乾阿，什麼保護層都洗掉了嘛！」她說她也知道這樣不太好，可她就是改不了，都三四十年了，叫她一天不刷不洗，真的很難過。我才在想，當她的家人，應該也很辛苦對她的習慣哭笑不得吧，她接著說起她和她媳婦不和睦的事，那位太太她說她自己知道，問題還是出在她總是忍不住想去打掃兒子的主臥室，可以預見的，現在的年輕人怎麼可能忍受她神出鬼沒的在他們的房間抹來抹去呢，要換作是我我也不願啊。

她繼續在講，我暗暗幻想如果我有一座很多間廁所很多個陽台的家，那會是什麼樣的一個情形，家事會是現在的更多倍吧，搞不好還得去請個幫傭之類的，還是不要好了，我不喜歡有外人在自己家裡走來走去，如果房子真的這麼大，這樣一天怎麼夠用，那我不就要三點就要起床了嗎，要不然時間怎麼夠用。

□何謂女性書寫？請問您的界定為何？

告訴我，什麼樣才是正確的口氣？親愛的麻麻，我
用了麻木的麻，妳認為什麼才是身為一個母親正確
的口氣？妳看出來了嗎，事實上是我想揣摩妳的，
而為何我說出來的總是我自己的語氣，我想再確
定一下，我真的跳脫不出來嗎？妳當然可以質疑
我不夠努力，不夠努力讓母親這個角色更逼真，
畢竟還有很多細節我都沒有寫到，譬如說選擇，
例如對丈夫的選擇，如果某人是另一個某人？妳
的欲望呢？或許妳的欲望真的不只我狹隘的認為
的只是希望一個更長的午覺，沒有什麼電話聲吵
鬧，或者在美容屋做更全套的全身油壓按摩，不
用趕在晚餐之前，急急忙忙的回來準備……這些
這些應該都還可以繼續發揮，但是我卻選擇停筆，
我知道我在不知不覺中透露出一種拖延的機制，
我是抗拒做一個母親的，我的抗拒，妳能明白嗎？
真的不是因為這個角色不好，這個角色還是莊嚴

肅穆的，這讓我全身都僵硬起來了⋯⋯

瀕危動物

妹妹孵蛋

虛構的妹妹不知道從哪裡撿回來一個蛋

她把蛋帶回被棉被窩裡孵 結果孵出了一顆鑽石戒指

妹妹把鑽石戒指送給了虛構的媽媽 媽媽很開心馬上
就把戒指戴了起來

虛構的爸爸回來了 爸爸看到媽媽在大門的落地窗前
對他搖手 並且很滿意地笑

爸爸說：妳是在對我招手嗎？妳看到我回家很開心
嗎？

媽媽說：不是 我是在看我戒指上的鑽石亮不亮

爸爸知道妹妹孵蛋的事之後 就看出了她的才華

於是爸爸每天回來 都會帶著各種不同的蛋給妹妹

有巧克力蛋、有草莓蛋、奶昔蛋、小熊髮飾蛋

爸爸有一次還搬回來一顆非常非常非常大的百貨公
司蛋

大蛋破殼的那天 全家都圍過來看 結果大蛋孵出了很
多的小蛋

有短靴蛋、高跟鞋蛋、唇蜜蛋、眼影蛋、精油香水蛋、
項鍊蛋
還有 V 領針織衫蛋、棉麻衫蛋、摺疊腳踏車蛋、小
花裙蛋
寢具蛋、不沾鍋蛋、生化科技飲水機蛋……
妹妹很細心 繼續把蛋一個一個給孵出來

媽媽說：蛋有真蛋和假蛋 要看到真蛋才能孵 不然會
做白工
所以妹妹在孵蛋前 都會先用燈泡照一下
妹妹問我：為什麼我不去孵蛋
妹妹說我的屁股那麼多脂肪 肉彈的胸膛的看起來也
很溫暖 可以一起來幫忙
我說好 然後 我突然一個跌倒 就把蛋都坐破了

爸爸和媽媽對我搖搖頭 要我多和妹妹學習
動作可不可以不要那麼粗魯
他們很替我擔心 他們說不喜歡孵蛋也要學著習慣

我只好先孵乒乓球、網球、保齡球……這些像蛋的
東西進行練習
似乎練了一段時間 但是我似乎也很快就忘了這件事

直到一天 上床睡覺前 妹妹告訴我 最近她自己也生了
一個蛋
她的口氣變得很兇 疑神疑鬼的
她擔心別人會把她的蛋吃掉或偷走
那一陣子 妹妹除了努力地孵著她自己生的蛋
其它的 她就不管了
所以那一陣子 我們家都沒有禮物

我們都在猜 妹妹生的蛋 會孵出什麼？
媽媽說：根本就不用猜 蛋裡面一定是個男人
爸爸說：在古代 太自私的女兒 都會被鞭打的 我和妹
妹都太自私了
妹妹如果被敲頭作為懲罰 那麼 我應該被打成腦震盪
總而言之 那天大家的心情都不太好

最難過的還是妹妹了 等到夜深 大家都安靜地躺平了
我卻從棉被縫看見 她把她的蛋抱了出來 她在蛋殼上
鑿了一個洞
她伸進去一根長柄湯匙 然後順時鐘方向開始攪攪攪
完全攪散之後
她就緩緩抱起那顆蛋 一口一口慢慢喝掉
她還轉頭過來問我要不要和她一起喝
她說她早就知道我在偷看她了
就像她早就知道這是一顆未受精卵
她說她要變得更健康 將來 要為自己生下更健康的蛋

至少在我和她
四目相接的有生之年

我的妹妹不是那個
她的眼神很堅定地告訴我
她完全沒有那個的煩惱
至少在我和她四目相接的有生之年

她絕對不會突然駭人地向親朋好友宣告什麼
她像她的媽媽───她不是那個
他也像她的爸爸───他也不是那個
她深深相信我也不是
雖然這點讓我頗為困擾
她說她看我睡覺的姿勢就知道我一定不是
她和我同用一個房間和一張床二十幾年
雖然最後的五年我搬離家
她說她仍然很願意為我作證我是清白的！

她的執著總讓我檢討自己看世界的視野
到底是誰太冥頑不靈了一些
她總是說：這樣沒有什麼不好的

　　　　　　　　　瀕危動物

我們就這樣彼此祝福對方亭亭玉立的青春
不在乎究竟愛了誰

她總是挽起我的手說：親愛的老大，我們一起去逛
街吧
和她併肩走著我覺得非常的自信安全
她長得非常好看又懂得打扮而且我們可能會有夫妻臉
只要在她挑選叮叮噹噹的小配件時要有耐心別惹她
討厭

不用害羞使用人稱刻意拉開敘述者和被敘述者的距離
不用焦慮使用代名詞的性別
或在字裡行間豎立曖昧和感傷的噴煙
她就是這麼甜美的異性戀
這麼甜 這麼甜 這麼甜

假設我可以變成他

請不要不相信他
他的身體正活埋著一個我

少年白

容許百葉窗切割的下午
慣性被期待的光 並非來自四面八方
是否 他已被視同為房間的一部分
現在的他 像是被癱瘓在床上的對手
一手握拳 另一手握住床緣

連他自己都在懷疑這房間是否有人
畢竟 他已眼睜睜看見自己的身體
那些父親的肌肉 那些母親的骨骼
一一都長成房間的樣子
一張書桌的樣子
一個鬧鐘的樣子
一條被單、一份明星頭像剪報的樣子

像一隻熊玩具 掉了車線、棉花跑出來的樣子

還能轉動的是他的眼珠子
枕頭上的落髮讓他有幾許的尷尬還有一些白色的
皮屑
有一些發癢

虛構在此堅固地像堡壘一樣
有一座高高的蟻塚長成在他的頭皮
幾千萬隻白蟻雄軍同時振翅
一場浩大遷徙的靈魂分家 現正蓄勢待發
窗 有光 牠們正朝此飛向
成群結隊以靈感扣窗

不敢起身開窗是害怕一切成真
沒完沒了的光 盡頭總是有人正在服喪
少年他鬱鬱置身在其中
沒有飛走的白蟻都化成他的華髮

請不要不相信他

假使有人現在貼耳觸聽他的身體

必定會聽到哀犬般的長嚎

像是來自深夜 逼真、還有鐵鍊拖動的聲音

請不要不相信他

窗外已經有人遞來一把刀進來了

醒來的時候 他還是位在他的病室

有人來看他 很多人都來看他

眾人看著他 無意識地拿捲筒衛生紙

一圈一圈把自己綑住

一圈又一圈

他躺著 像尊年輕國王的木乃伊

的確 他嚇到人 也或許 他只是冷

瀕危動物

老河道

一個裸身漂浮在水面的年輕男子，他就要從河道出海了，他仰身朝上，他毫不遮掩，現在碰巧是劇烈氣象來臨前的黃昏時分，橘灰色的雲捲蔓延伸探到水面，此刻就是他最美的衣裳。

靜靜的，他與搭乘遊艇船的人們錯身經過，全船皆以沉默回敬，他在最赤裸的狀態進行他最真誠的人際關係，很意外，這次並沒有人驚叫，像是一切都有故事美好的解釋、都被寬恕了，莫非好的時代真的就要來臨？

雖然多數人對男子的行徑視而不見，船上還是有一個嬰兒看見他。當然，他也看到那個嬰兒，他甚至還看到那嬰兒的瞳孔裡，有座深及地下三層的手扶電梯

順著時間的螺旋走下去，你就到達一個可以購物、飲食、遊藝的商場，嬰兒的眼裡隨即又冒出了槍聲、火光、悶燒的濃煙，商場最後是以大規模進行的土

掩工程作為句點。他覺得驚駭，像是想起了什麼，
情緒隨即也跟著掙扎、激動了起來

一度還忘記自己的軀體是浸泡在水裡。船都漸行漸
遠了，他依舊看得入神，因為過度眷戀與那個嬰兒
四目相接而忘記把眼皮閉上，一陣無預警的強勁水
流過後，從此他失去了眼珠。

於是我們對於老河道的敘述，從此也僅存他失明前
記憶的畫面了，老河道給他記憶有聽覺、嗅覺、多
數是觸覺，廢話少說的河濱公園旁邊就是他的學校，
錄音帶播放的上下課鐘聲、高年級球隊揮棒的歡呼
聲、以及從河濱公園被追出來的流鶯，後面是警察
尖銳的哨子嗶嗶，還有流鶯追著騎腳踏的窮老頭討
價還價，它們幾乎是同時進行的。

似乎真的有人栽了個跟斗，一把跌進老河道裡，摔下
去可真不是好玩的，要知道，當時的老河道是死的，
那條河乍看起來像是服了超量化學藥劑毒發身亡的
人，六道輪迴洗胃洗腸，還不一定洗得乾淨，他摔下
去過，每一次，他被撈起來，都被嫌棄太年輕。

對多數人來說，他謎樣的投河性格和老河道的整治成功，都堪稱為地方傳奇。慶祝老河道復活的那天，河濱公園被綠地與彩色氣球活潑的點綴著，常在這裡出沒的成員，加入了年輕情侶、健康的家庭、善良小孩和小狗基本動作都呈現快樂的奔跑，還有新開幕的遊艇港，外來客或本地人假冒的觀光客都等著排隊上船。雖然他也挺想一探人們在入夜後，沿著河岸釋放熱鬧的大型煙火。

而此刻，就是現在，他再也等不下去了，義無反顧，他對老河道有堅貞的認定，自己就是那位待娶的新娘，在他那些被重複被清洗的年少時光啊，這條河同時也在被清洗，今天，他們都乾乾淨淨。

老河道也同樣記憶著這位年輕男子，當然，沒有人不會老，只不過和河道的歷史比起來，他當然年輕。

老河道唯一能為他做的，是等男子流出河口、完全埋葬大海，這邊豔光十色的慶生，才要展開。

掀開

我要去試探這些人
可否接受一個謎底
解開謎底就是所謂掀開的過程
我也在猜她／他 們
他／她 們也在猜我

有人摸到我的尾巴（？？）說我像條蛇

有人摸我的嘴唇 說 有蛤蜊的樂趣

有人摸摸我的鼻子 說很抱歉

有人摸摸我的眼睛說 這樣是摸不出來的

有人摸到我的耳朵 指頭就沒禮貌的挖呀挖呀探下去

有人摸到我的喉結 說我的鬍鬚剃得真乾淨

有人摸我的背部 以為那是我的胸部

有人光摸我的脊椎就知道我哪裡有病 我哪一天有
兇吉

最後有人一個人 那個人聲稱確認過我的全身

對方顯然很失望 或許她／他 要找的是寓言中的那
隻象

都不知道經過的手究竟是誰 陌生的手都很冰

來人啊 來人啊 快點來一個人把我掀開

我被一條白色大布兜頭蓋著

真不想就這樣一直等

　　　　　　　　　　　　瀕危動物

偶爾 我也在猜外面的人怎麼看我

會不會認為我只是一組被拆卸下來的手腳身體頭

會不會繼續往內部猜 還有像是教學器材那樣的彩色

五臟

附設兩款不同系統的性器更換

一定有著某種敵意那種眼光 暗自的猜測只會讓人更

害怕

　　到底要把我悶到什麼時候

　　親愛的霸霸麻麻

　　右下角的時間標記著紀念日 這一天我誠摯的祝福你們

　　很棒的一張照片 我親愛的父親把我母親的新娘頭紗

　　掀開

　　親愛的霸霸麻麻

　　你們是否也是期待著有一天 一個歡歡喜喜的日子

　　要把我裝扮成一個新娘 歡歡喜喜的幫我把頭紗掀開

　　親愛的麻麻霸霸 我在等著你們把我掀開

　　像是照片那樣美麗的時辰 到底哪一天才會來

有人又要來摸到我的尾巴（？？）
又有人要隔著白布來摸我的五官
有人聲稱摸到我的心（？？？）又摸到我的膽
（？？？）
那個人又摸了我的耳朵 然後用力擰
擰得我大叫 好痛

好痛 好痛 所以我把我自己掀開
掀開其實沒有那麼難
我活生生瞪著那些圍在我身邊的人

人人都給我噓聲 都說這破壞遊戲規則
沒有自己掀開自己的新娘
所有隔著白布匿名偷摸我的 決定推派一個代表
像是開單舉發那樣盤問我的名姓 盤問我的細來歷

　　親愛的霸霸麻麻
　　我這樣哭爹喊娘真是不好意思 你們究竟在哪裡

盤問者清查到的名字逆向行駛時間 一把我被撞飛開
有一段不被看好的婚禮正逕自履行
場景和某張紀念照片神似 簡直是一模一樣
我親愛的父親把我母親的新娘頭紗掀開
掀開 掀開 開一個矛盾的謎底
省籍不愛了 情結不恨了 一對新人正深情對看

親愛的麻麻霸霸 我在等著你們把我掀開
只是等不及 其實比較多的情緒是害怕 我就先把自己
揪起來了

掀開 掀開 所以我把我自己掀開
其實沒有那麼難
只是我要以真面目示人 我不再是誰的新娘
或許 我們可以一起
一起掀開什麼 什麼 什麼

瀕危

動物

我曾掀開一個新娘 這個新娘是我的父親
我曾掀開一個新娘 這個新娘是我的母親
今天我的任務 是要掀開一個和我同國的新娘
另一隻　稀有 美麗
對於未來缺乏繁殖能力的

瀕危動物

瀕危動物

0

我又陷入難以啟齒的開頭，令人焦慮的開場白介紹，
我的聲音不自覺的變小，讓聽的人變得不耐煩，不
知道是第幾次了，這次終於輪到要介紹她，她是誰？
想不到這個名字我已經對它尷尬而陌生了，她是這
裡所有唯一有喚名的人，在敘述面前，我捧著乾淨
的花，穿戴整齊，我用此面對賜我肉身的父母親，
我正在等一個適合展示的夜晚，把我的原生家庭
一一羅列排序，他們是晴天無光害的情況下，才能
看見的星星，她即是星空下的我將赴的約定。

1

這就是我的父親

追尋歷史的確是件津津樂道的事，當我最努力通常
也是最心虛

他還是強勢的，我對他低頭

他可以輕易地質疑我凝視他的動機、察覺我的不確
定性

雖然他什麼也沒有說

骨肉是多麼俗濫的一個字眼，但是我找不到其他的
字可以替換了

親愛的，我只能赤手空拳的說給妳聽

7

請不要瞧不起熱帶木頭製成的相框，那裡面是我小時候的照片，

親愛的，那換我問妳，妳有小時候有戴花的照片嗎？如果有人想要幫小時候的妳頭上戴花，妳會很生氣的抗拒嗎？

我想我會拚命甩頭，或者把用手把花瓣趁機一片一片偷偷捏掉之類的，我有一位號稱王子的朋友，他說他在幼稚園入學時嚎啕大哭，原因是他想要穿女生粉紅色的制服，因為他覺得他身上的藍色很醜，他淡淡的描述當時他母親對他說的話以及氣急敗壞的反應，然後恢復他一貫維持的安靜，多年來，他總是做著相同一個從床上被飛拋下來的噩夢，每當他想起他去世的母親。

8

我試著穿戴正確的自己 一套合宜赴約的服裝
考慮在第一層皮膚和第二層皮膚之間 是否也要焊接
翅膀
在安分與奇想的空隙 在窺探眼神與世界崩裂的時間
約定處
我預設有一個等待我的人

今天我使勁扭曲身體
今天可能以一個球的形狀出現嗎？
今天可能是紅橙黃綠
今天可以是性別的模糊 像一張濕透的紙
今天一如昨天前天大前天
隨即我又決定讓這位虛稱的友人去等
整個下午

10

儘管如此，我又決定出發了，赴約列車的行進間，
我被擠到車廂與車廂接合處，那地方像是手風琴可
以伸縮的風箱，我一直提醒自己要克制一下撥頭髮
的動作，因為這會使人看起來焦慮。

11

我踩著一些通宵達旦無可避免的拋棄物，人群是算
年輕的，他們任意發出一些倒翻的酸味，喜歡踩扁
飲料罐的感覺，儘管第一口是甜的，也是過去的事。
總是在這個時候，我們又會再見面。

瀕危動物

17

親愛的，我被我自己嚇壞了，我怎麼變成妳了
妳的聲音，妳的髮色，妳變成一層我脫不下的皮
是我太愛妳了嗎，所以許願成真，變得和妳一樣

連我的生日也變成三月天，幸好生殖器還是一樣的
淡淡的三月天，杜鵑花露骨的開到葉子掉光了
像是剃掉陰毛的陰蒂
我從來沒有覺得自己不對 但這一次 我真的慚愧

聽說妳要去海邊玩
讓我為妳朗誦，今天的海看起來像是一道藍色的牆
我走近，牆就逐漸架高，越來越近就越來越高
我還看到兩列火車正快速的擦身，但看不清楚對方
是否有人

妳不動聲色的收買了海、以及火車的方向
妳不要所有人意會，但是要所有人稱羨

還要所有夜間城市的高塔都祕密指向同一顆星
所以親愛的，我要為妳榮幸？

這也是妳要的嗎？
就讓小孩在深眠的路上自然的悶死，喔！原來那些
是妳不要的；
親愛的，我只是睡了一下，妳就這麼貪心

睡一下，睡一下
妳還會幫我拉一段流利的小提琴嗎？
像妳流利的異國戀曲
誰睡得著啊，
我正專心的聽妳怎麼翻譯更高高高難度的捲舌音

敢問國王，您還玩奴隸的遊戲嗎？
我腰酸背痛，妳還會幫我捶捶嗎？我想叫妳去死妳
也願意嗎？
親愛的，妳這個說法危險極了，什麼叫做：

既然女兒是爸爸前世的情人，咱們來世再愛繼續氣
死爸爸當同性戀吧

親愛的，妳被爸爸寵壞了，不是每個女兒都像妳一
樣幸運
就像我爸爸並不會那樣和藹可親，他會體面地轟掉
我的腦袋
就像如果我有槍我也想轟了妳一樣，
但是我真的夠睏了

當然我們還是有和平的版本，
例如很單純的學習對方的語言，照鏡子調整唇形，
做彼此心愛的外國人
還有呢？還有嗎？例如爬個山吧，
換妳說一個吧，妳也可以躺下來說啊
親愛的，我們只會睡覺真是沒創意
或許我們手牽手一起變成男孩會比較好，呵，會比
較好嗎？

至少比異國流浪還要好吧。

妳要我抱妳嗎？人人都愛能預測未來者，妳還抱著
我做什麼呢？
還要我抱嗎？我再問一次，已經不要了對不對
時間很快，幾乎是用吞的，然後現在的我要全部吐
出來嗎？
親愛的，妳是自己知道的。

　　　　　　　　　　　　　瀕危動物

20

親愛的，沒有什麼好說的，如果我那麼討厭妳

那我就不會煩惱給妳一個外國名

妳很愛嗎？其實妳很愛對不對？

妳也可以給我一個男生的名字，掩人耳目

但這樣事情會變得更複雜了一點

反正我們真正的國家也不是我們誕生的現在

我們皆從異國而來，異曲同工、異途同歸，隱名埋

性，公平交易。

22

妳用食指留著黑色銳利的指甲，幫畫出我頸部動脈
新的分布圖，妳說我的血都舊了，幹麻還不拿去捐
給別人呢？然後妳要我轉身，捲起上衣裸露出背，
根據我感覺到的筆劃，讓我猜猜，妳正在我的背寫
我的名字吧？妳說：「喔，不，親愛的，我正在刻
一棵樹」。親愛的，聽說妳完成了樹，還為樹的枝
頭獻上了鳥。是嗎？是真的嗎？妳說：早就飛走啦！
親愛的，我真的那麼遲鈍？這一切都在我身上發生
嗎？為什麼我都看不到，看不到也聽不到？

29

我被夢境推了出去
像一杯搖晃的水溢了出來

31

為了清楚地識破星星們的詭計
我們迫不得已　往更暗的地方滑行
經過一間打烊的警察局、
一排沒有螢火蟲的墓
我們將會到達一個湖　而它們
繼續在天空用祕密的組合跳舞

繞湖的第一圈　我們就期待遇到蛇
很濕的草地　很小心的腳步
我們指認疑似的盤踞物　但害怕觸摸
我們也指認貓頭鷹的聲音
遭遇一間用風鈴砌成的房子
房子沒有人睡　睡沉的只有湖

最後我們還是回到了星星
原來它們也會散場
空下來的夜　還剩下一張邀請函

銀色的燙字 湖的中央
所以我們朗讀月亮

瀕危動物

32

對於小島的印象，是來自於空中，只有經過，沒有
降落。我搭乘的飛行器還是隆隆的搖晃了，我不害
怕，因為這是小島的上空，妳的領空範圍，我的現
在，正在經過。

我相信你說妳在遠方美麗的樣子，我想我已經看到
妳從鞋子倒出的黃色砂粒，妳極開心的表情以及我
從來只能想像的著陸風景。

38

我毛絨絨的小動物，半蜷曲著
我在她的肥油和皮草之間
搭城牆 捉迷藏
在她的壁上作畫

在她壁上作畫
甚黏稠
我用指腹按壓出房子、

吃草的牛羊 還有嘶叫
平和的線條是蹄或掌
囓咬和尖牙代表情緒漸強

她鬍鬚貼臉 嘴角微揚
耳朵薄能透光
血管興奮擴張

我愛極了與她辨認
這是房子、吃草、還有牛羊

41

不是黑夜 並不是
那只是一片長得肥厚的蕉葉
掩護偷吃海苔的貓

一些細碎的影子
被粗心的花瓣經過
在伯利恆之星指引的反方向
打翻了一地虎眼
不知道兇手是誰

搭配鼓槌般的菊科植物
她捐出了手 編織這一季最鮮美的荊棘
無視流星劃傷了肘部
還若無其事的談笑

蜜腺通往豬籠草的胃
百萬心有百萬心

月亮分成六等份

注視太久 就會忘了走回來

瀕危動物

44

是妳湊巧讓我代領了一封
收件人是妳的信
打開是兩張預購票
正大光明
我們去看戲

一左一右
我們各自倚在離對方很遠的一方
情緒澎湃的時候
寧可靠旁邊的陌生人近一點

或許是思考到各自的曲折
只好各自專心
流著 被相同劇情 催化出來的眼淚

假裝關好的門
再見的偽動作

有妳名字的空信封 我應該會保留很久

47
雙載上大坪頂
一起去大坪頂看飛機
飛到腦門後的半罩安全帽 顯示速度
我們無照駕駛的身體
有一種莽撞的快樂

漫長的爬坡
機車隨時都會熄火
誰都不知道還可以撐多遠
當時 反正時間很多

飛機轟隆隆劃破天空的時候
感覺貼著地面那麼近
像是用竹竿亂揮 就可以搆得到的距離
那個忘記帶書包回家的放學

瀕危動物

那位同一間國小、同一間國中、同一間高中
每學期我們都要搶著申請
火力發電廠敦親睦鄰獎學金
的那位同學
據說她家違建的房子後來拓成了馬路
後來也就沒有跟任何人連絡了

雙載上大坪頂
一起去大坪頂看飛機
照後鏡顯示時間經過 後座變成空座
那罐隨手就丟 再也買不到的絕版飲料
將長久被遺棄在路邊的鳳梨田

想起來總是無法避免要感傷一番

48
和她唯一的合照
是一張超速照相罰單
肇事後逃逸的模樣
兩人皆無所遁形

50
我走近，用我媽生給我的眼睛看清楚
妳沿路張貼妳巨細靡遺的生活，
我管妳是真的快樂，還是因為張貼而快樂。

52
妳已經失溫了，我才意識到該從妳的身體爬出來了，
從妳的耳道、鼻孔、從妳身上所有開孔的地方爬出
來，爬出來又爬回去。

瀕危動物

53

一頭栽到妳的身體裡面，所以我知道，我身上所有開孔的地方都非常害怕妳，但也非常思念妳。

55

我的美感依舊侷限於熟悉
粗糙地運用熟悉的風景判斷新的風景

56

我記得有一種風的聲音，每年在這個時節，就會開始刮動。狗尾草比人還高，一些酒紅色的雀鳥輕盈的在草梗上跳著。
牠們若無其事的來去，甚至協議築巢，
啾啾的大聲結論：知道了、知道了。
知道了、知道了。我想說，妳卻不願意聽。

57
暢行者來訪的腳步聲
裡面都蠕動著蟲
她喜歡用牆
垂釣鄰居的耳朵

58
我發現竟然有人和會我一樣
丈量妳留下的蹄足
跟蹤妳的排泄
詢問妳的長髮及落髮的情形
才一個夏天 沿路就結識那麼多穿著繁殖羽的同好
非常不妙 非常不妙

61

像是眼前滿滿的都是食物，一隻隻剛剛宰殺的動物
時間像是一頭剛剛放血的豬
我們曾經手牽著手看牠被肢解
然後，妳是葉菜，我是蘿蔔塊根類、他們是花
我們有一天都會自然的腐爛，只是時間滑過彼此的
速度不一樣

67

我是真的一點都不可口 而且我已經夠醜了
我像是一盤被吃剩的餐 希望服務生趕快來收走

69

不誇張的動作，怎麼能算是訊號呢？
我要把妳整個人倒過來，在妳肥厚的陰部，裝盛最
豐美的菜色。當我們用食物來表達信仰和習慣、社
會關係和安全感。
那妳是禁忌還是珍饈？

72
她的熱情洋溢可以啟迪人心

75
她是很得意
天生好手般炫耀自己
流刺網狀的愛意

78
大家高興就好

86

飽餐之後的一場下午散步，以烏雲逼近的腳步計時開始

有人抗拒走入學校，所以我們改繞小巷子

有人沿路覬覦老房子，時間一直在巷子裡藏汙納垢

有人又說話了：時間的汙垢都是寶

老房子的牆通常也砌的不高，我們就這樣趴在牆上大眼對看

用外來的眼神，品頭論足那一戶因分家而分色的油漆、以及新裝的冷氣機

看到這種院子通常種著土生的花果，想不到在此我也找到了鄉愁

親愛的，這個刀法頗像是妳

要一棵柚子樹死根本不用費力砍

只要像溜冰那樣環狀優雅的刮一圈皮，再優雅的滑去即可

87

誠如大家所有的猜測

除此之外 我還是一個不擅長結尾的人

89
像是一則退潮流行笑話
卻還想挽救它
用時間消去法過濾出一些應該還會記得的人
得到的也只是諧音的答案
笑過的都忘了
未來依舊被口齒不清地預約著

而現在
喜歡的正在變成討厭的
討厭的人一向都是健康的
這裡究竟還是這裡 我們束手無策

熱烘烘的電視機上
我的貓抽動鬍鬚
正睡得甜美可人
或許 最後只有牠幫我做到了
人生境界的另一種完成

99

妳是獻祭文明的遺跡,像一個皿,盛接行刑那天所
雨,有妳夢境都是潮濕的。

0

有人掀開 從各個角落

有人被掀開 然後赫然發現

所有要揭穿的都是同一個人

有人掀開一張尿床

有人掀開了一條有經血和黃痰重疊沾染的被單

有人被掀開 被看到汗臭 被聞到淚漬

有人害羞掀開新娘的頭紗

有人樂觀嘗試裙襬被掀開的涼意

有人被矇著毒打 不知兇手是誰

有人依舊相信 可以把發生一切縫成一片拼布

然後裹在身上

是我的身體越來越小嗎？

還是罩著我的布塊越拼越大了？

在我身上一襲不停繁衍的拼布故事

把我罩著

讓我看不到光

我用盲人摸象的方式持續，完成交代妳的敘述體。

瀕危動物

心肝市場

(1) 見不得光

在白天，您是找不到心肝市場的，因為心肝市場見不得光。

這裡的確是以販賣內臟製品及新鮮內臟聞名，琳瑯滿目的臘腸、米腸、肝醬、血布丁⋯或是標榜「本日最鮮」、「還在跳」的各式食用內臟。傳統的心肝市場最初只營業在黎明以前的幾個小時，本地本日食用所需的各式動物內臟，從屠場四面八方有默契地匯集自此，包括發人禁忌話題的未成形胚胎、母體胎盤、雄性生殖器，各種動物的噁心部位都在這裡自成風味專賣。

黑影幢幢中進行的心肝交易，自然讓人有許多的發想空間，此地更在一場情殺案中，疑似是分屍丟棄處而聲名大噪。心肝市場在盛名助長下，營業的時間也情不自禁地應市場需求而拉長，只是，它秉持的仍是「暗中」的交易精神，越賣越早、越賣越早，最後早到前一天的黃昏。人約黃昏後，心肝市場是很推薦的行程，這裡是名符其實的鬼市。

(2) 心肝本事

為了抹除消費者對內臟食品血淋淋因而抗拒的既定印象，並且標榜出心肝市場無可取代的特色，心肝市場的西向門週邊，被規劃成了「心肝觀光區」（又名「心肝名店街」），標榜精緻內臟禮盒以及內臟料理，當然，體面的消費，要付出的單價總是比較高的。

走一趟「心肝名店街」，您絕對會對「吃 / 癡心肝」、「記心記肝」、「心肝寶貝疙瘩肉」這些店名印象深刻，而這裡多數的店家都有提供「代客烹心」的服務，絕對不會讓您提著一顆真心大傷腦筋。

此地人們吃內臟的習慣，大可推算到那段磨人的殖民地歷史。不吃內臟的殖民者開啟了這裡上肉與內臟分開販賣的風氣。彼時，買不起上肉，只好吃著主人不要的骨頭和內臟，此地人烹調的天份，因此就被激發出來，他們研發出多種花樣的內臟食譜，食物的香味悠悠地拋到前廳，讓端坐用餐的主人嫉

妒不已。

在「心肝名店街」的幾家老字號的餐廳，我們都可以在菜單簡介以及餐廳的裝飾牆壁上，閱讀到以上的典故。有興趣的話，還可以在繼續追蹤例如：「內臟料理文化與被殖民奴性」、「從內臟料理看真假獨立」……等等的討論。提醒您！激情歷史之餘，記得點餐，否則本末倒置，錯過美味，實在可惜。

(3) 良心用法

不介意的話，可以問問在此地長大的孩子：你們知道，心肝市場裡面賣的心肝，是從哪裡來的嗎？

夜幕低垂的心肝交易，其實也是此地頗有警世意味的戰慄童話重要場景，這裡是所有偷竊、說謊、背信、貪婪者的終結地，此地的小孩經常這樣被告誡著。心肝市場的孩童用法，是一把督促的尺。孩童長大了，開始也對他們的愛人寄予心肝市場標準的道德督促。然而，心肝市場的情人用法，事情似乎

就變得複雜多了。

「要來一副新鮮誠實童叟無欺的情人心肝嗎？」搭配情殺懸案場景的聯想，一個作勢磨刀霍霍的學生樣老闆，藏不住狡點的微笑眼神，這句即興拋出來的叫賣，著實嚇了這對碎步經過的小情侶一大跳。

其實無需多慮，心肝市場向來是本國極其重視的政府形象商圈之一，商家均可提出抽檢合格的相關證明，並無販賣人體器官之掛羊頭賣狗肉之行徑存在。至於所謂有「誠實」、「童叟無欺」認證的情人心肝，根據心肝市場「心肝同業工會」歷屆沿用的情人節新聞稿表示：這世間並沒有這種貨源存在。

玩具的房間

房間不大，我有很多玩具，我們都是玩具。

強烈的抽動之後，她噴在我的手心，真的都濡濕了，她整個人彈坐起來，我抱住她，跟她說明，她說她不知道自己為什麼會這樣，無辜窘迫的表情更讓我的再次漲滿慾望，她腫脹不已，我的手指進入有點困難，鼓漲的內部像是隆起濕滑的小丘，我忍不住好奇，繼續探手，她又滲出一些水，這次不是的黏稠分泌物，她抱著我說，又流下來了，從肛門流下來要弄髒床單了，我說沒關係。

她說她還是很腫，我說或許我可以幫她，她說她腳都僵硬了，她說自從潮吹後，有感覺就會腫就很誇張，我打開燈，她的陰唇紫黑，用門牙輕輕囓咬，我的動作讓她太刺激了，肚子一用力，她又噴了，我看得很清楚，小小孔噴出激動的小水柱，噴完也就滲滲的流。我撥開陰唇，陰道口像朵重瓣的小花，中心分泌的透明的稠蜜，遇到空氣，稠蜜變白了，

粉紅色的小重瓣，我推進我的指頭，小花把我吃下去，好脹。

她說她坐在我虛構的陰莖，這個說法，讓我非常的虛榮，看不見的，勝過真實，她趴在我身上發抖流淚，每次做愛的最後我都會讓她爬到我身上動一動，虛榮讓我想盡辦法使她持續，我勾著手指，用指腹感受她體內粗糙的局部，我也揉著她的背，我們心貼心，親愛的，我要妳舒坦，多數的時候，我和她總是肩靠著肩，交頸睡去，十指交扣的手，像初識的第一天。

公雞啼，小鳥叫，太陽出來了。

大斑馬再見，長頸鹿再見，來不及一一道別，終究她還是推開門，離開我充滿玩具的房間，像闔上書本的愛麗絲，離開夢遊的仙境。

我也不在房間裡面了，身為玩具，我是卡在她陰道裡的一支爛筆，她推我進去太深，睡著了就把我忘記。她以為她什麼都沒有帶走，所以她一直走、一直走，沒有回頭。

兔崽子
再也不到我家來了

兔崽子再也不到我家來了
因為我說了老實話

好吧 至少再也不用忍受牠的大門牙
還有牠那雙無法自制的後腿
每次興奮都會不小心掃翻的一些瓶瓶罐罐

沒有人和牠一樣老愛大驚小怪
還有牠那些低級的謊言招數 真是令人擔心
（和牠的歌聲一樣令人擔心）

兔崽子是個膽小鬼
牠常年烹煮一鍋葫蘿蔔湯並且永遠吃不膩
早餐吃午餐吃晚餐也吃
吃吃吃吃吃了那麼多還是個大近視
牠還是那麼固執

就因為我跟牠說了老實話

兔崽子真的就再也不到我家來了
牠真是一個奇怪的人
其實我很生氣

有墳

告訴我 我是如何愛上的：
如何製作一張五官模糊的告示
如何輪廓清楚地複寫收據
牙齒與骨骼
傾注氣力往戀人身上的考古
終究回到自身
又要如何要求准許 將一顆時間汰換的乳齒
向黑夜投擲
讓熟悉的山頭於是有墳

一刻

詩

一刻詩

00：01

我很想妳，用身體的河
河流復元了，像是時鐘開始走了
妳的手充滿時間
我想念妳的手於是充滿時間

00:03

站在原地著火

00:23

妳是有笑容的光
肌膚是瑪瑙般沁涼
我滑行妳的骨與肉
在妳體內踢踏、游泳
揮霍著妳的水
浸泡自己的快樂和憂傷

直到皮膚皺褶
也無老的聯想

00:33
像是一套全新的曆法
像從母體再出生一次
像嬰兒吸吮
發出親吻的聲響

00:34
我們愛什麼
我們就成為什麼

00:37

這裡

停久一點

妳說

這裡 有蝴蝶

想要

00:44

可以見面

都是甜感綿長

0:57

像是狡滑的母狐

回到巢穴前總是不斷地繞行

往相反的方向走

02:19
就算是爆炸
也會用碎片去愛

03:45
陪妳到熔斷
淫蕩到漲停

03:48
我怒不可遏，我被慾望驅使，當我是一匹被蒙住
眼睛往前奔跑的馬，
說出來的話都帶著皮開肉綻的鞭傷，蚊蠅是我的
追隨者。
再頹敗的蹄，都尖銳如爪，朝著妳的方向。

07：23

愛的感覺

是男孩、是落葉

像女孩、像苔蘚

是藍天和白雲的交界

是透進屋裡的光線

是金銀銅鐵

是鵝卵、是石頭

09：30

向生活低頭

現實感總是睡過頭

瀕危動物

17：29

星期四的疲憊

思念加碼我的殘破

19:40

遞過來的我 忘記回家

懷裡的擁抱 忘記回家

需要冷靜 且纏綿

去確認

醒在什麼地方

23：33

等待 令我成為潔癖者

斤斤計較地上的灰塵和毛髮

企圖科學辦案

這是你的 可是你不在

這是我的 可是我沒有回來

00:00
蝴蝶像紙
飛入火裡

0:17
不希望妳是死的
因為看過妳活著的表情
死是一種休息
當妳說累了

　　　　　　　　　　　瀕危動物

房子

如果你決定
這是你餘生要住的房子
或許我們可以一起擦拭
颱風過後的窗子

一切擔心匱乏（其實都已具備）
透過你看到的殘缺風景（其實並不荒蕪）

重要的事、必要的事
內容都是廢話
曾經努力、盛大的調整自己
都是謊言

終其一生都會有颱風
意外形成

那些笑點很高、痛點很低的
也可以一夕之間

沒有感覺

請允許文明向浪漫傾倒
獲得完整先要順流殘缺
毀壞與重建
一如自我更新

甜言

在季節交替

我換上應景的咳

現在就只能

睜大眼睛

看你寫字

日日期待病癒那天

想著讓我好了

就要讓你有得受了

咳像是螞蟻

像是我喉裡有糖

全力向我攻擊

無止盡的

一隻跟著一隻

像是虔誠的教徒

渴望真理

逼我交出

甜言

空座

你是美麗的舉手
我是憂傷的答有
在各自詮釋的時間流
祝福對愛忠誠的白狗

閉上眼　送一道光
給相遇的所有未知圖騰
甦醒的蛇吐出欲望的信
射出幻術
於是頑皮的猴
誤殺了一頭不噴火的龍

打破鏡子　裂痕在心臟

當我們談論啟蒙
啟蒙伴隨暴力或意外而來

不似課本的雷與電
一如引火沿脊椎燃燒
發出呲呲呲的聲音

讓肉身交給花開的力量指引
或讓骨骼變成魚群熱愛的居所
我懷念你美麗的舉手
你已是空座

時間順流
時間從不答有

作者論

你是一部艱難的作品
身為共同作者
我無時無刻都在通往你的路

有時沿著機場跑道
想溫習起飛
卻只能無望地看著
停機坪裡的飛行器
此刻它是多麼笨重
儘管它曾經
翱翔在天際

有時我也想念撫摸
每次都是無條件的
讓我進入
與神同在的狀態
擁抱你的懷疑
進入我的狂喜

宗教一般
交出自己

有時我像是圓規
在固定的行為模式
反覆迴圈
普通平凡的日子
所謂完美的圓
真的都沒有缺口嗎？

閱讀你未必懂你
關於你
只能朗讀
只能用腹部發出聲音
「空氣裡不一定要有字」

你是主動也是被動
你是渙散也是專注

你被我吸引

你為我張腿

你將我產出

旁人無法領悟

談論就是褻瀆

未完的朝聖之路

現在這裡（不含詳細紀事）

我曾愛過一個你
忘記從什麼時候開始的
像一隻具體的蛇曾經來過
只是看不到牠的腳
我曾愛過兩個你
包含那位
連你自己也不知道的
像開幕兩次的花店
自己送自己花圈
霧像一隻昂起的蛇
曾經來過嗎？
牠脫下一層皮？
牠似乎咬了我的腳
迅速的、無法求證的 侵犯
像被陌生的指甲畫到
真的 有傷口嗎？
晚睡的咖啡喝起來像站崗的兵
一邊保衛一邊自慰

你癱軟的身體
像塊被去水的豆腐
等待新的入味
大蛸料理海女
追追叫的夜鷹
讓失眠的鄰居好想買槍
我曾愛過一個你
你　還有你不知道的你
如今已經沒有這麼肯定
我　真的知道嗎？
忘記什麼時候開始
把床躺成一幅克林姆
浮世繪壁掛就顯得突兀
在所有葡萄酒喝起來都是
奇怪的甜的奇怪年份
好好笑
最後竟然決定搬家
最後一次擦拭落地窗

一如第一次見面
沒有賣完的花
學電影插在槍管上
玩具蛇還有綠色兵人
尚未決定要不要帶走
只知道除濕機
是一定要的

瀕危動物

後記

非典型的詩人

不寫詩的我

我想大多數認識「騷夏」的人，是因為我寫作者的身分，會知道我寫詩也寫散文，寫性別議題、也寫身體欲望。

筆名像是一個路徑，通往寫作的我，不寫作的時候我就是一個台北的上班族，生平無大志，求上下班準時打卡。三十出頭歲時我記得有次作品獲選年度選輯，編輯約我在咖啡廳簽單首授權，她瞧一瞧我說：怎麼沒有詩人的靈氣。靈氣或仙氣這個部分，我從來就沒有指望自己，但是被指出來說：「你沒有」還是很傷心。

前幾年評完一個青年文學獎，評審會後我搭著詩人S便車，同行的還有詩人L，S先送L要去汐止車站搭東部幹線火車，L要繼續環島流浪，台灣四面環海，L徒步延著海岸線走路，沿途演講賺取旅費和住宿，有時候沒有地方住，就在沙灘搭帳篷。L下車後，我和S互看一眼。「他才是真的詩人！」我想到自己汲營人間，背包裡還隨身帶switch遊戲機，我這副德性，和理想的詩人真的差很遠。

或許這世間對於詩人要有一定的樣子，我想我就是那個「非典型」。身為中年詩人我也會安慰自己，我的「非典」就是「太典型」。外表看起來很服從，像是被體制綑綁的樣子，但寫的題材卻可以挑釁，我選擇「詩」為創作的文體，也是因為詩的曖昧性和實驗性，就像性別不必非男即女，有曖昧解釋的空間，用詩這個文類來寫性別或身體，我認為是再適合也不過的。

#詩人有問題

我的肚子裡常常有很多想問的問題，有時候問題並不是因為看到 BUG，我的職業有一部分就是採訪記者，有時真的是為了發問而發問，老實說這樣很討厭。年輕的時候會逼自己做不喜歡的工作，配合不喜歡的人，以為這樣會增加歷練，但我很想回頭對二十幾歲的自己說：「真的不必！」沒有「立場」的記者註定不會成功的。

但我對採訪這件事，還是保持熱情，最快樂的就是可以一字排開看到很多人，相同的問題，問了不同的作家，我得到不同的答案，這些答案像是各式各樣的標本。有些人剖析自己起來，下手相當殘忍，而且同一個人，在不同時期，對於相同的問題會說不同的話，相當滿足我某種程度的收集癖。「啊原來她／他也是這樣想的！」、「原來可以這樣幹啊」多數的時候我的內心常吶喊：「我的天啊，我（不）

要活成那樣！」

透過別人去了解自己，有時必經的路，就算是遇到漫不經心亂回答問題，或是沒有準備好開放自己的受訪者，也不是完全沒有收穫。「是不是自己的問題沒問好？」「別人憑什麼要一個蘿蔔一個坑回答你要的問題呢？」人家或許就是自給自足的創作者。

我常拿訪綱問題問自己：詩是什麼？好的詩是什麼？我很喜歡詩（人）必需是「中空」或是「迎接訊息的通道」這種神祕說法。很身心靈，以我自己的經驗，很多極好的作品，就是我在追逐某個神祕聲音或是內心影像，我把它歸類成「純的詩」。而「好的詩」就用人類可以接受的「技藝」再加以提煉。「純的」不一定是「好的」，「好的」一定要有「純的」比例。

我知道，在實相的世界，這個說法比較抽象，那我提出另一個精進技巧的參考，那也是我比較年輕時

瀕危動物

寫東西時想追求的——大概是想描繪一個人，要追求的不是人的曲線，而是要畫人的影子。就像《麥田捕手》沙林傑的作品不提戰爭，不曾提他曾上過戰場，後人為他作的傳記《永遠的麥田捕手沙林傑》裡引用沙林傑的話：「燒人肉的氣味留在鼻孔裡，怎麼也無法消除，活再久也一樣。」沙林傑用的不是影子而是氣味，一句話道盡殘酷可怕。

快樂的豬

我出生時節靠近端午，端午節也是所謂的詩人節。這和楚詩人屈原相關，屈原的代表作《離騷》也被泛稱詩。我的筆名「騷夏」就是因此而來。我會取筆名，是因為我希望自己在創作中重新出生，但我仍然希望和我真實的自己有連結，我的寫作，總是很難離開自己。「我之所以為我」於是就變成一個大主題，從詩延伸到散文。也可各方輻射：「我從

何來」「我從何去」，或是「視角往內」、「視角
往外」。寫作對我的功能性，大概是從「弄清楚自己」
開始，套用「我是誰？我在做什麼？我要去哪裡？」
的流行梗圖一點也不為過。

文學適合處理生命的疑問、對於現實的反叛，痛苦
與深度往往成正比。行到中年，卻發現這個「本質」
問題，其實也很適合占卜。最近一次，我抽了我的
詩人好朋友葉覓覓自製的「詩塔羅」（她用自己的
詩句和攝影自成的牌陣），我連續抽到兩張牌都是
「豬」，一隻是正在散步的麝香豬，另一隻是正在
津津有味進食、表情在笑的豬。「這象徵你的狀態
啊，是快樂的豬！」

快樂的豬在文學裡或許是無法達到某一種典型的深
度，一如悲憤投江的詩人，但我本來就是非典型的
詩人，終究我該明白，這才是我該走的路數。

瀕危動物

無照駕駛，超速逃逸

——騷夏《瀕危動物》掀開的家族與情慾圖像
鴻鴻

法國女性主義重鎮艾蓮娜・西蘇有言，女性的寫作應該是飛翔：「用語言飛翔並且讓語言飛翔」。騷夏的這本詩集，正令人有這種感覺。

飛翔，指的是一種思想文字的自由，也指的是涉獵幅員遼闊。《瀕危動物》兼而有之。騷夏的第一本同名詩集《騷夏》即已風月無邊，這第二本更是野心碩大。從家族歷史到個人情慾的鑰匙，意欲兼容在一個動作「掀開」當中。

全書散文體、詩體、試卷、情書錯落，文體的跳躍隱含著主題統御一切的意味，但筆法又往往像私筆記無跡可循。強烈澎湃的敘述欲望，打破了許多約定俗成的詩法與束縛。雖然書中自有獨立的詩篇，但整體意義遠勝個別作品的巧思或完成度，呈現國內詩集罕見的完整感。書中前後兩輯，首輯「新娘」寫父母，要將父親「像新娘一樣掀開」，在比喻使用上刻意的男女混淆一視同仁，暗伏下第二輯「瀕危動物」中的女女情愛意識。用跨性別的視野書寫家族史，彷彿可以證明，詩人並非「逆女」，而是這樣的時空脈絡下的偶然與必然。

父親有時是「爸爸」、有時是「霸霸」，在詩中如此年輕，從戰後的本省小孩到從軍、迎娶外省妻子、遍嘗各種職業最後變成公務員，「每天上午和下午各打一通電話回家問家人在幹什麼」；母親（麻麻）則有一個船難不死的傳奇，卻又日常生活得可以。

然後是自己的成長，和一個甜美又獨立的妹妹。

這部分情節歷歷，又深深連結時代和地緣。但騷夏
寫得最好的，恐怕還是女性感官經驗的延伸。例如
「潮汐是島的經期」這樣的象徵，還有〈妹妹孵蛋〉。
妹妹是孵蛋大王，但是孵的都是自己和父母撿回來
的禮物蛋，直到有一天她生了自己的蛋，卻鑿了個
洞，用長湯匙攪拌後，一口一口喝掉了。以童話筆
調講墮胎，應該是全書最驚心動魄的一篇。〈至少
在我和她四目相接的有生之年〉則對比自己的同性
戀和妹妹的異性戀，羨慕妹妹「不用焦慮使用代名
詞的性別」，也是極細膩的心理描繪。

騷夏夾敘夾議，掀完父母及妹妹再掀開自己（或者
說掀開親人的目的，最終還是要掀開自己），在全
書後半大膽書寫同性情慾。可能因為有對象、有激
情，因而想像力更果敢揮灑，節奏氣韻也收放自如，
讀來更是過癮。「淡淡的三月天，杜鵑花露骨地開

到葉子掉光了／像是剃掉陰毛的陰蒂」，何等性感又何等真切！絕對是前行代男女詩人所無法想像。她寫戀愛如同「雙載去大坪頂／一起去大坪頂看飛機／飛到腦門後的半罩安全帽　顯示速度／我們無照駕駛的身體／有一種莽撞的快樂」。這種無照駕駛的恣意，正是千禧年初一代詩人（可樂王、鯨向海、阿芒……）的獨特經驗獨特語言。他們最可貴的不是落筆百無忌憚，而是對卑微青春生命的自覺寶愛（而非盲目歌頌），放射出一道全新的詩的光環。

騷夏之「騷」，是離騷之騷，也是情慾之騷。〈玩具的房間〉書寫女同性愛，尺度直逼 A 書，然而自況為情人的玩具，又流露〈上邪曲〉般的哀傷與寂寞況味：「我是卡在她陰道裡的一支爛筆，她推我進去太深，睡著了就把我忘記。」

用明澈語言寫直接經驗，以當代觸角寫永恆命題，騷夏的敏感度與企圖心，已為時代留下鮮明印記。

這本詩集和陳克華的《善男子》，皆應在同志文學和現代詩史中並稱雙璧。然而，這本書有其複雜向度，單從家族史或個人啟蒙、或情慾書寫、或性別議題來閱讀，都有掛一漏萬之虞。不知作者是否有此預期，先寫了一首〈掀開〉回應，用瞎子摸象情境，寫自己被許多人瞎摸胡猜的窘境，「都不知道經過的手究竟是誰　陌生的手都很冰」。

世界是冷酷異境，詩人或情人都是瀕危動物，她們既脆弱、又瘋狂。「和她唯一的合照／是一張超速照相罰單／肇事後逃逸的模樣／兩人皆無所遁形」。用這麼簡單卻有力的意象，騷夏溫暖的凝視，拯救了她自己和我們，讓我們的無照飛行安全無虞。我們跟著她的語言飛，飛到腦門後的半罩安全帽，顯示我們已飛過了文學的圍籬。

瀕危動物／騷夏著.-- 初版.-- 臺北市：時
報文化出版企業股份有限公司，
2023.02
　　面；　公分
ISBN 978-626-353-472-8(平裝)
863.51　　　　　　　　　112000682

AK00381

瀕危動物

作者　　　　騷夏
執行主編　　羅珊珊
校對　　　　騷夏、羅珊珊
美術設計　　朱疋
行銷企劃　　林昱豪

總編輯　　　胡金倫
董事長　　　趙政岷
出版者　　　時報文化出版企業股份有限公司
　　　　　　108019 台北市和平西路 3 段 240 號
　　　　　　發行專線—（02）2306-6842
　　　　　　讀者服務專線— 0800-231-705 ·（02）2304-7103
　　　　　　讀者服務傳真—（02）2304-6858
　　　　　　郵撥— 19344724 時報文化出版公司
　　　　　　信箱— 10899 臺北華江橋郵局第 99 信箱

時報悅讀網　http://www.readingtimes.com.tw
思潮線臉書　https://www.facebook.com/trendage/
時報出版愛讀者　http://www.facebook.com/readingtimes.fans
法律顧問　　理律法律事務所　陳長文律師、李念祖律師
印刷　　　　家佑印刷有限公司
初版一刷　　二○二三年二月十七日
定價　　　　新台幣三二○元
（缺頁或破損的書，請寄回更換）

時報文化出版公司成立於一九七五年，
一九九九年股票上櫃公開發行，二○○八年脫離中時集團非屬旺中，
以「尊重智慧與創意的文化事業」為信念。

ISBN 978-626-353-472-8
Printed in Taiwan